LA PRISE

DE St.- DOMINGUE

PAR LES FRANÇAIS

ET LES ESPAGNOLS.

LA PRISE

DE SAINT-DOMINGUE

PAR LES FRANÇAIS ET LES ESPAGNOLS,

ou

LA DÉFAITE GÉNÉRALE

DE TOUSSAINT-LOUVERTURE

ET SES PARTISANS,

DRAME EN VERS LIBRES ET EN PROSE,
EN TROIS ACTES,

Par le Citoyen FERRAND, *Homme de Lettres*,
à Rouen, rue Saint-Vigor.

À ROUEN,

De l'Imprimerie de BERTHELOT, rue des Faulx,
numéro 73 ; an X de la République.

PERSONNAGES.

Le *Général* LECLERC , *Commandant en chef*.

Le *Général* BOUDET , *Commandant au Cap*.

Le *Général* CHRISTOPHE.

Le *Général* ALBANT.

UN OFFICIER A TOUSSAINT.

VILLARET JOYEUSE , *Amiral de la Flotte*. ⎱
GRAVINA , *Amiral espagnol*.   ⎰ *R. muet*.

UN OFFICIER FRANÇAIS. , *Confident*.

DUPONT , *Lieutenant français*.

UN MAGISTRAT.

La *femme* DE CHRISTOPHE , *prisonniere*.

FANI , *Suivante*.

UN VALET.

UN POSTILLON.

UN GEOLIER.

DEUX ENFANTS A TOUSSAINT.

UN HUISSIER.

UN GREFFIER.

UN TAMBOUR.

UN PILOTE.

La Scene se passe au Cap Saint-Domingue.

LA PRISE
DE SAINT-DOMINGUE.

Le Théatre représente un Fort, la Mer et des Vaisseaux

ACTE PREMIER.

SCÉNE PREMIERE.

Le Général CHRISTOPHE *et un* CONFIDENT *viennent.*

LE CONFIDENT.

Hé bien, mon Général, qu'allons-nous devenir?
L'approche des Français, d'honneur, me fait frémir.

CHRISTOPHE.

Pourquoi ces inquiétudes, la ville est bien gardée,
Toussaint, en la quittant, l'a des plus fortifiée ;
Les remparts et les forts sont remplis de canons,
Elle a aussi, dit-on, beaucoup de provisions ;
Si jamais les Français vouloient prendre ce port,
Ils trouveront chez nous la vie ou bien la mort.

LE CONFIDENT.

Monsieur, votre récit me tranquillise un peu,
Epargnez cette ville, n'y mettez pas le feu.

CHRISTOPHE.

Monsieur, point de raisons, je sais ce qu'il faut faire,
Donnez-vous, s'il vous plaît, la peine de vous taire ;
Allez, de ma part, trouver le Commandant,
Nous sommes maintenant dans un danger pressant.

(*Le Confident sort.*)

A 2

UN OFFICIER *vient.*

J'ai appris qu'une flotte s'avançoit vers ce port,
Quantité de vaisseaux cinglants tous vers le nord ;
On a vu sur la tour ces deux flottes nouvelles
Passer tout à côté l'Isle des Dardanelles ;
Je ne puis pas connoître encore leur pavillon,
Non plus que leur dessein et leur destination ;
Un coup de vent affreux les ayant séparés,
Ils vont venir, Seigneur, implorer vos bontés.

CHRISTOPHE.

Si c'est des Algériens, nos fideles alliés,
Qu'ils viennent, avec confiance ils seront assistés ;
Mais s'ils étoient Français, qu'ils craignent pour leurs
  jours,
Jamais ne recevront de moi aucun secours.

L'OFFICIER.

Si dans une détresse ils se trouvoient enfin,
L'humanité, Monsieur, est le premier besoin.

       (*L'Officier sort.*)

SCENE II.

Un Magistrat de la ville vient.

LE MAGISTRAT *à Christophe,*

Vous voulez persister à garder cette ville,
Monsieur, vous avez tort, c'est bien peine inutile ;
Malgré la résistance que nous apporterions,
Il faudra tôt ou tard que nous capitulions.

CHRISTOPHE.

Je n'épargnerai point du tout cette Cité,
Le vol et le pillage, rien ne sera sacré.

       (*Le Magistrat sort.*)

L'OFFICIER *vient.*

Un bataillon de Noirs nous arrive à l'instant,
Ils attendent vos ordres et ceux du Commandant ;
Ils sont très-disposés, Monsieur, à se défendre,
Ils périront plutôt avant que de se rendre :
Je sais que Bonaparte est un guerrier heureux,
Le ciel dans ces combats a exaucé ses vœux ;
Les Français ont pris Rome et les villes d'Italie,
Ils prendront, vous dis-je, toute la Colonie.

CHRISTOPHE.

Si jamais les Français au Cap vouloient descendre,
Avant qu'ils soient entrés, la ville est mise en cendre.

L'OFFICIER.

Monsieur, voilà une raison assurément très-dure.

CHRISTOPHE.

Je suivrai la lettre de Toussaint-Louverture.

L'OFFICIER.

Voilà donc cette ville encore persécutée,
Par la guerre, hélas ! elle sera ébranlée.

(L'Officier sort.)

SCENE III.

CHRISTOPHE voit venir un Pilote.

Monsieur, connoissez-vous bien tous ces pavillons ?

LE PILOTE.

On ne peut distinguer encore ce qu'ils sont,
Une forte tempête les aura écartés,
Ils sont toujours au large, et sans s'être avancés.

CHRISTOPHE.

Remontez sur la tour, suivez leurs mouvements.
Je vais donner mes ordres à tous mes Lieutenants.

(Ils sortent.)

SCENE IV.

Christophe et l'Officier viennent.

L'OFFICIER.

Je viens, mon Général, vos ordres sont donnés,
Vos soldats sont tous prêts et les canons chargés.

CHRISTOPHE.

Faites sortir maintenant les femmes de la ville,
Leur présence, à l'instant, devient fort inutile.

(L'Officier sort.)

LE PILOTE *vient.*

Monsieur le Général,
Les Français, aujourd'hui nous ferons bien du mal.

A 3

(8)

CHRISTOPHE.

Allez, ne craignez rien, je connois tous ces lieux,
Les Français ne seront pas toujours victorieux ;
Le climat pourroit bien leur être très-fatal,
On en verra beaucoup aller à l'hôpital.

LE PILOTE.

Je viens d'être instruit un peu sur ces deux flottes,
Elles ont parti de Brest, on les assure très-fortes ;
Vingt-cinq à trente mille hommes qu'on dit être em-
        barqués,
Sans compter les Marins et tous les Officiers,
Bien des vaisseaux de ligne et des frégates,
Deux cents vaisseaux marchands et beaucoup de plates :
Seigneur, voilà l'état de la flotte française.

CHRISTOPHE.

Je vois, dans tous les cas, Toussaint mal à son aise,
Il me dit en partant, regarde bien ce fort,
Si tu le laisses prendre, tu subiras la mort.
Avant qu'il soit tombé au pouvoir des Français,
Je mettrai le feu à différents endroits.

(*Ils sortent.*)

SCENE V.

CHRISTOPHE *s'avance avec ces Soldats noirs.*

Une flotte française s'avance dans ces climats,
Défendons cette place, ne l'abandonnons pas :
Allons, mes camarades, montrez votre courage,
Ne les épargnez pas, s'ils montent à l'abordage,
Combattez en héros pour votre Souverain,
Vous aurez récompense, le fait est très-certain ;
Allez à votre poste, et défendez le port,
Celui qui est sur terre est toujours le plus fort.

(*Les troupes sortent.*)

CHRISTOPHE.

Savez-vous maintenant où ils vont débarquer ?

LE PILOTE.

Leur dessein, jusqu'alors, m'est encore ignoré,
J'ai vu venir de loin un gros parlementaire.

CHRISTOPHE.

Laissons-le approcher, voyons ce qu'il va faire.

Un Valet *entre.*

Un Officier français demande à vous parler.

CHRISTOPHE.

Allez-vous-en lui dire qu'il peut bien approcher.

SCENE VI.

Un Officier français , les yeux bandés , se présente.

CHRISTOPHE.

Qu'on lui débande les yeux. (*On le fait.*)

L'OFFICIER.

Le Général Leclerc vous envoie cette lettre ,
Avec deux enfants que j'ai à vous remettre.

(*Il lui remet la lettre.*)

LETTRE.

MONSIEUR,

Pour épargner les malheurs dont cette ville est mena-
cée , il est un moyen très-facile d'arrêter de plus grands
maux ; et, pour épargner le sang de vos Concitoyens ,
voilà les deux fils de Toussaint que je vous envoie ;
mais auparavant , il faut qu'il consente, ainsi que vous,
à vous soumettre au Gouvernement français ; vous pou-
vez , l'un et l'autre , compter à être élevés au rang le
plus distingué. J'attends votre réponse ; si elle n'est
pas conforme à mes désirs , comptez que je n'épargnerai rien. *Signé* , LECLERC , *Général en chef.*

CHRISTOPHE.

Monsieur l'Officier , où sont ces deux enfants ?

L'OFFICIER.

Monsieur, ils sont tous deux des plus intéressants.

CHRISTOPHE.

Monsieur , qu'ils viennent. (*Ils entrent.*)

SCENE VII.

UN DES ENFANTS.

Monsieur , vous voyez devant vous les fils de Louver-
ture,
Ah ! soyez donc sensible au cri de la nature,
Ne pourrions-nous pas voir à présent notre pere ?

A 4

CHRISTOPHE.

Vous ne connoissez pas encore son caractere.
Je vais, mes bons amis, lui écrire tout-à-l'heure,
J'aurai de ces nouvelles au plus tard sous une heure.
N'avez-vous pas besoin de prendre quelque chose ?

L'ENFANT.

Nous ne prendrons rien à présent et pour cause.

CHRISTOPHE.

Mes enfants, je vais écrire à monsieur votre pere ; je
vous laisse.   (*Il s'en va écrire à la table.*)

L'AUTRE ENFANT.

Ah ciel ! est-il possible ! ô quel fatal présage !

UN POSTILLON *entre , tenant une lettre à sa main ,*
qu'il remet à Christophe.

BILLET.

MONSIEUR,

Mes deux enfants viennent chez vous de se rendre,
Je ne veux pas les voir, ni même les entendre.

L'AUTRE ENFANT.

Où sommes-nous, mon frere, dans un pays sauvage,
Est-ce bien vous, Monsieur, qui nous tient ce langage ?
Ce seroit-il un songe par vous fait à loisir :
Eclaircissez-nous donc, vous nous ferez plaisir.

CHRISTOPHE.

Messieurs, au nom du ciel, ne m'interrogez pas.
            (*Il s'en va.*)

L'AUTRE ENFANT.

Faire deux mille quatre cents lieues pour venir voir
       mon pere,
Mon Dieu, si nous avions encore notre mere,
Elle seroit bien charmée de voir ces deux enfants,
Et pour nous prodiguer ces tendres embrassements.
Non, je ne puis comprendre à présent ce mystere,
Mon pere auroit donc bien changé de caractere :
Qu'allons-nous devenir dans ce nouveau climat ?

L'AUTRE ENFANT.

Le Général Leclerc ne nous abandonnera pas,
Le ciel jusqu'à présent nous a bien conservés;
Il protege toujours les pauvres infortunés.

(11)

Notre présence ici n'est pas bien nécessaire :
Allons, allons nous-en, allons nous-en, mon frere,
Toussaint est bien la cause de tous ces malheurs,
Venir dans ce pays pour voir tant d'horreurs.

(*Ils partent.*)

SCENE VIII.

Christophe et l'Officier viennent.

CHRISTOPHE.

Je reçois une lettre, Monsieur, en ce moment,
Toussaint ne veut point prendre aucun arrangement ;
Il prétend, dit-il, régner en Souverain :
Tenez, voilà la lettre qu'il m'écrit de sa main ;
Je lui ai fait savoir que j'avois ces enfants,
Il s'est bien refusé à leurs embrassements ;
Je défendrai la ville, comme étant Général,
Avant de la quitter, je ferai bien du mal.

L'OFFICIER.

Au nom du ciel, ayez pitié des habitants,
Monsieur, sont-ils la cause de ces événements ;
L'alarme est dans la ville, tout le monde est en pleurs,
Toussaint rendra compte à Dieu de ces malheurs.

CHRISTOPHE à *l'Officier.*

Allez, Monsieur, ce sont là des raisons,
Toussaint n'a pas besoin de toutes vos conclusions.

(Qu'on lui rebande les yeux, et qu'il parte et ses
deux enfants.)

SCENE IX.

UN MAGISTRAT à *Christophe.*

Hé bien, mon Général, que vous écrit Toussaint ?

CHRISTOPHE.

Monsieur, je tiens encore sa lettre à présent dans mes
    mains.
Il a même refusé de voir ces deux enfants,
Qui viennent lui prodiguer leurs tendres embrassements.
Ces deux pauvres enfants m'ont fait verser des pleurs.
Cette ville, aujourd'hui, aura de grands malheurs :
Je soutiendrai la place de tout mon pouvoir,
Toussaint verra d'abord si j'ai fait mon devoir.

Fin du premier Acte.

ACTE II.

Le Théatre représente la ville du Cap, une muraille, au milieu un pont levis, une terrasse au haut, où est un Noir en faction.

SCENE PREMIERE.

Le Général BOUDET fait venir ces Troupes en ordre de bataille, font le tour du théatre ; si-tôt rentrés, les lumieres baissent, l'on bat la générale et le toçsin sonne ; un Trompette sonne trois fois. (Il sort.)

CHRISTOPHE *paroît sur la terrasse.*

Le Général BOUDET *sur le théatre.*

MONSIEUR,

Je vous fais sommation de nous rendre la ville,
Pour épargner le sang à un peuple tranquille.

CHRISTOPHE.

De vouloir cette ville vous perdez votre temps,
Vous ne l'aurez jamais, tant que nous serons dedans ;
Je n'accepterai point votre proposition,
Si vous voulez le Cap, c'est avec du canon.

(Ils sortent.)

Un coup de canon se fait entendre ; un coup de fusil part de l'Armée française, jette bas le Factionnaire noir qui est sur la terrasse ; un feu de file de part et d'autre ; on apporte des échelles pour monter sur le rempart ; les Français montent à l'arme blanche ; les Noirs se défendent ; on vient se battre sur le theatre ; il y a trois Noirs de tués ; les Français poursuivent les Noirs.

SCENE II.

Vient deux Noirs, qui regardent leurs camarades qui sont tués ; un prend la parole.

UN NOIR.

Allons, mon camarade, retirons çes pauvres malheureux, aujourd'hui leur tour, demain le nôtre : voilà donc le sort de la guerre ! *(Ils les retirent.)*

SCENE III.

Les lumieres reparoissent ; vient l'Adjudant DURAND, *commandant pour* TOUSSAINT-LOUVERTURE.

L'Adjudant DURAND, *partisan de* TOUSSAINT.

Nous avons grand sujet d'être bien étonnés,
Toussaint, dans ce combat, nous a abandonnés :
Allons, je vais trouver le Général français,
Toussaint, à l'avenir, ne me verra jamais.

Le Général BOUDET *arrive et salue* DURAND.

DURAND *remet son épée au Général* BOUDET.

Monsieur le Général, vous me voyez sans armes,
Je viens auprès de vous déposer toutes nos armes ;
Ma Compagnie, Monsieur, ne demande pas mieux,
Etant avec vous nous serons plus heureux.

Le Général BOUDET.

Monsieur, j'accepte avec plaisir, cet honneur à l'instant,
A la garde montante je vous fais Lieutenant.

DURAND *à ses Noirs.*

Bataillons, en avant.   (*Ils entrent.*)

DURAND.

Mes amis, reconnoissez Monsieur pour votre Général.

Le Général BOUDET *leur fait prêter serment.*

(*Ils sortent.*)

SCENE IV.

DURAND *à Boudet.*

Monsieur, depuis quinze jours couchés dessus la dure,
Pour complaire aux caprices de Toussaint-Louverture ;
Le voilà maintenant, dit-on, bien avancé,
Il ne peut plus aller d'aucun autre côté.
Cet homme dure et barbare a peu de sentiments,
Pour avoir fait tirer sur ses propres enfants :
Toussaint est bien la cause de cette révolte,
Et la perte totale d'une aussi belle récolte.

SCENE V.

UN ADJUDANT *français arrive et fait part au Général*
BOUDET, *de ce qui se passe.*

Des bombes et des boulets tombent de toutes parts,
Des cris se font entendre jusqu'au pied des remparts.

Le Général BOUDET.

Allez, faites cesser le feu.   (*Il part.*)

Monsieur l'Officier, dites à mes soldats qui se prêtent
autant qu'ils pourront pour éteindre l'incendie aux mai-
sons qui auroient le malheur d'en être atteintes ; ils
seront par moi récompensés : mais malheur à ceux ou
celles qui violeroient les personnes et les propriétés,
ils seront punis sur-le-champ.   (*Allez.*)

SCENE VI.

Un Officier français entre et dit au Général BOUDET
et à LECLERC.

Messieurs, la bataille est gagnée à six heures du soir,
L'Epouse de Christophe est en notre pouvoir,
Douze cents et quelques Negres, voilà notre partage,
Les autres sont sauvés dans la mer, à la nage :
Les Negres, en se sauvant, ont fait des crimes énormes,
Nos soldats les poursuivent dans la plaine et les mornes.

Le Général LECLERC.

Allons, Messieurs, venez vous rafraîchir.
                    (*Ils partent.*)

SCENE VII.

Le Général français et un Officier viennent.

L'OFFICIER.

Monsieur, votre Aide-de-Camp avec deux Officiers,
Au port Républicain sont tous trois prisonniers,

Le Général BOUDET.

Allez, allez Monsieur, il n'y seront pas long-temps,
Nous avons des ôtages qui leur servent de garants,
Avant huit jours au plus tout sera réparé,
Le mal n'est pas si grand qu'on l'avoit pensé.

(15)

L'incendie , grace au ciel , a été arrêté ;
Christophe n'a pu exercer toute sa cruauté ;
Les méchants sur la terre qui blasphêment les cieux,
Périront , tôt ou tard , comme des malheureux ;
Défions-nous maintenant du Général Christophe :
Qu'il ne nous fasse encore une nouvelle catastrophe.
*Deux Soldats viennent, amene la femme à Christophe
habillée en homme.*

SCENE VIII.

Le Général LECLERC *à la femme.*

MADAME,

Votre sort est dans mes mains , c'est vous en dire assez,
Vous saurez dans une heure mes dernieres volontés.

Qu'on la mene en prison.   (*On la mene.*)

(*A part.*) Voilà de quoi payer la capitulation.

SCENE IX.

LE MAGISTRAT *vient.*

Monsieur le Général , vous êtes ici le maître ,
Si de ces habitants vous trouvez un seul traître
Qui puisse m'accuser d'avoir été complice ,
Sur ma tête blanchie tombera le supplice.

(*Le Magistrat part.*)

SCENE X.

UN VALET *entre.*

Monsieur , quelqu'un à la porte veut vous entretenir ?

Le Général LECLERC.

Allez voir qui me demande.   (*Il part.*)

LE VALET *revient trouver le Général français.*

Monsieur, c'est le Général Albant , Commandant
au port de Paix , qui demande à vous parler : il est
seul.

Le Général LECLERC.

Allez lui dire qu'il peut venir , il sera bien reçu.

Le Général ALBANT *salue le Général* LECLERC.

Monsieur, vous avez pris la femme du Général,
Elle n'a fait, m'a-t-on dit, à personne aucun mal.

Le Général LECLERC.

Elle a été bien prise et les armes à la main,
Un Conseil militaire doit la juger demain.

Le Général ALBANT.

On ne m'a pas dit cela, le crime est capital,
Mais il est un moyen d'arrêter tout ce mal.

Le Général LECLERC.

Monsieur, écoutez :

Trois de mes gens sont pris en visitant le fort,
S'ils ne me sont rendus, elle subira la mort.

Le Général ALBANT.

Un Courier dans l'instant va partir tout exprès,
J'espere que tout sera au gré de vos souhaits.

(*Ils se retirent.*)

Fin du second Acte.

ACTE III.

*Le Théatre représente une prison, où il y a une table
et une chaise, avec une lampe. Après quoi le Geolier
amene la femme de Christophe.*

SCENE PREMIERE.

LE GEOLIER.

Madame, voilà votre domicile ; si vous avez be-
soin, vous sonnerez. Entendez-vous ?
Croyez-moi, faites toujours bonne chere,
A la garde montante on fera votre affaire.

(*Il sort.*)

LA FEMME (*levant les yeux au ciel.*)

Mon Dieu, est-il possible, ah! quel sera mon sort !
Je reconnois ma faute, je mérite la mort ;
J'ai été, par malheur, prise les armes à la main,
Un Conseil de guerre doit se tenir demain.

Allons, dans ce moment, ne perdons point de temps,
Ecrivons une lettre bien vîte au Commandant.
(Elle sonne.)

LE GEOLIER vient.

Que voulez-vous, Madame?

LA FEMME.

Je voudrois du papier pour écrire à mon pere.

LE GEOLIER.

Donnez-moi de l'argent, je ferai votre affaire.
(Elle donne 6 francs au Geolier.)

LE GEOLIER, d'un air satisfait, s'avance un peu.

Pour du papier, six francs, quelle bonne pratique,
La femme d'un Commandant, cette somme est mo-
    dique ;
S'il m'en venoit souvent, dans ma sombre retraite,
Avant qu'il fût un an, ma fortune seroit faite.

Allons lui chercher ce qu'il faut.

SCENE II.

LISETTE entre, reconnoît sa Maîtresse.

Quoi! ma chere Maîtresse, vous ici dans les fers,
Grand Dieu! est-il possible? ah! quel cruel revers!
Allez, Madame, allez, ne vous affligez pas,
Le Ciel permettra bien que vous ne mourrez pas.
(Elle sort.)

LA FEMME écrit (lettre.)

Mon pere, je vous apprendrai que je suis faite
prisonniere de guerre par les Français, les armes à la
main ; le temps presse : j'ai appris qu'un Conseil de
guerre devoit se tenir demain ; le Général Albant a pris
trois Officiers français au Port Républicain, tâchez,
s'il est possible, en écrivant au Général Leclerc, Commandant en chef au Cap, que je sois échangée, ainsi
qu'il est d'usage. Fe. CHRISTOPHE.
(Elle sonne.)

LE GEOLIER.

Madame veut-elle du vin? j'en ai d'excellent.

LA FEMME.

Non, Monsieur, je n'ai besoin de rien, obligez-moi seulement de faire tenir cette lettre à son adresse.

LE GEOLIER.

Madame, ça suffit.

LA FEMME.

Monsieur, comme cette lettre est très-pressée, tenez, voilà six francs pour celui qui la portera.

LE GEOLIER.

Madame, mon fils la portera lui-même. (*Il sort.*) Madame, voilà un joli enfant qui vous demande.

LA FEMME.

Monsieur, faites-le entrer.

SCENE III.

UN ENFANT *de sept ans entre, va se jetter dans les bras de sa mere, l'embrasse.*

Bon jour, ma petite maman, comment te portes-tu ?

LA FEMME.

Je me porte bien, mon bon ami.

L'ENFANT.

As-tu été en campagne, depuis si long-temps que je ne t'ai vu, ni mon papa, si tu savois combien il nous a ennuyé à tous deux.

LA FEMME.

Mon fils, j'ai eu des affaires.

L'ENFANT.

Que fais-tu là dans cette vilaine maison, elle n'est pas si belle que celle à papa ; tiens, maman, si tu veux, je m'en vais prier ce monsieur qui a toujours des clefs à sa main, de te laisser venir à la maison avec moi, et que tu reviendras demain.

LA FEMME *s'essuyant les yeux.*

Mon fils, il n'est pas possible, j'ai encore besoin ici, tu vas aller avec ta bonne, tu diras à ton papa que je me porte bien, et tu l'embrasseras de tout ton cœur pour moi.

L'ENFANT.

Oui, maman, mais ne sois pas long-temps à venir.

LA FEMME *sonne.*   (*Lisette vient de suite.*)

Que voulez-vous, Madame?

LA FEMME.

Ma bonne amie, tu vas conduire mon fils à la maison, tiens, voilà de quoi lui acheter quelque chose.

L'ENFANT.

Adieu ma petite maman.   (*Ils sortent.*)

LA FEMME.

Que cet enfant est intéressant.

SCENE IV.

La toile baisse, pour faire voir une Salle d'audience; deux rangs de bancs, un grand fauteuil, une table pour ces Messieurs, une autre pour le Greffier.

LE CONSEIL MILITAIRE *entre.*

Le Général LECLERC *au milieu,* BOUDET *à côté, l'Amiral* VILLARET-JOYEUSE *de l'autre,* GRAVINA *ensuite,* DURAND *à côté,* UN OFFICIER FRANÇAIS *de l'autre,* UN SERGENT-MAJOR.

LE PRÉSIDENT *à l'Huissier.*

Monsieur, allez chercher la prisonniere, et dites au témoin à charge qu'il vienne aussi.

L'HUISSIER.

Monsieur, dans l'instant. (*Il sort.*)

L'Huissier de service vient avec la prisonniere et un Soldat témoin.

LE PRÉSIDENT.

Madame, asseyez-vous, et au témoin aussi.

L'HUISSIER *au public.*

Messieurs, faites silence, s'il vous plaît.

LE PRÉSIDENT *au témoin à charge.*

Monsieur, connoissez-vous Madame?

LE SOLDAT.

Non, Monsieur, pas personnellement, mais bien

pour être insurgée qui a tiré sur mon camarade, en voulant se sauver, étant sur le bord de la mer.

LE PRÉSIDENT.

Asseyez-vous.   (*Il s'assied.*)
Hé bien, l'Accusée, qu'avez-vous à répondre ?

LA FEMME.

Un mot de votre bouche va seul me confondre.

LE PRÉSIDENT.

Connoissez-vous le témoin ?

LA FEMME.

Non, Monsieur.   (*Elle s'assied.*)

LE DÉFENSEUR OFFICIEUX.

MESSIEURS.

Permettez, pour Madame, que je prenne sa défense,
Son crime n'est pas si grand comme chacun le pense ;
Quand un soldat vous manque, c'est bien pour vous tuer,
D'un coup de pistolet, elle a cru ce venger :
Mon pere m'a toujours dit, défends-toi dans la rue,
Il vaut mieux tuer le diable, que le diable nous tue !
Ah ! Messieurs, si Madame avoit commencé,
Je m'en rapporte ainsi à votre prononcé.

LE PRÉSIDENT.

Monsieur, en voilà assez.   (*Il s'assied.*)

Les Juges se levent, on recueille les voix.

LE PRÉSIDENT *met son chapeau.*

Madame, en ce moment je plains bien votre sort ;
Je ne puis vous absoudre, vous méritez la mort.

(*L'Huissier reconduit la femme en prison.*)

SCENE V.

Le Conseil se retire, sinon le Général LECLERC *qui reste à sa place.*

Le Général LECLERC.

Cela est fâcheux, mais elle a encore vingt-quatre heures avant de subir son Jugement ; peut-être aurois-je des nouvelles à l'égard des trois Officiers que le Général d'Albant a pris : Dieu le veuille.

S C E N E V I.

Le Général BOUDET *vient.*

Monsieur , les ports Républicain et celui de la Paix ,
Sont présentement au pouvoir des Français ;
Beaucoup de Noirs et Blancs viennent de toutes parts,
Pour servir avec vous et sous vos étendards.
Voilà une nouvelle qui m'arrive très-sûre ,
Nous avons pris le camp de Toussaint-Louverture :
Une heure ou deux plutôt , Monsieur , quelle bonne
  affaire ,
Nous aurions emporté la caisse-militaire :
Louverture et son Guide sont changés de climats ,
Nous sommes débarrassés de deux grands scélérats.

S C E N E V I I.

UN POSTILLON *entre en botte , tenant son fouet à sa main , remet une lettre au Général* LECLERC.

L E C L E R C *au postillon.*

Avons-nous du nouveau ?

L E P O S T I L L O N.

Monsieur , nous avons pris le fort de Bizeton ,
Sans tirer seulement un coup de canon ;
On a trouvé , dit-on , à peu-près deux millions ,
Beaucoup d'artillerie et bien des provisions.

Le Général LECLERC *lit.*   (*Lettre.*)

MONSIEUR LE GÉNÉRAL ,

J'ai reçu votre lettre , auquel j'ai différé de répondre ,
vous me marquez que vous avez la femme Christophe ,
que vos gens ont pris les armes à la main , et que vous
voulez échanger contre trois de vos Officiers , que mes
gens ont faits prisonniers. Je n'ai rien , Monsieur , à
vous refuser ; demain je vous enverrai mon Adjudant
Saint-Albant , qui vous les remettra lui-même entre
les mains. BEMOUSKI.

LE PRÉSIDENT *sonne l'Huissier.*

Monsieur , que demandez-vous ?

Le Général LECLERC.

Allez , volez , arrêtez son supplice ,
J'attends de vous , Monsieur , ce noble service.

SCÈNE VIII.

SAINT-ALBANT *vient avec les trois Officiers français.*

Monsieur , voilà les trois Officiers que M. notre Général vous envoie.

(Le Général Leclerc sonne.)

LE GEOLIER vient.

Monsieur , que demandez-vous ?

Le Général LECLERC.

Allez dire à l'Accusée qu'elle vienne me parler.

(Il va la chercher.)

LA FEMME vient.

LE PRÉSIDENT au Geolier.

Monsieur , retirez-vous. (*Il sort.*)

Le Général LECLERC.

Aujourd'hui , Madame , je vous avois promis.
Que vous seriez ce soir avec tous vos amis.

LA FEMME.

Monsieur le Général , oui , je vous remercie ,
Je penserai à vous tout le temps de ma vie.

LE GÉNÉRAL français à d'ALBANT.

Monsieur , ayez donc la bonté
D'aller conduire Madame et de l'accompagner ,
Puisse les calamités cesser dans ce pays ,
Et de nous voir un jour comme des freres et amis.

UN ADJUDANT *du Général* LECLERC *entre avec un
Confident , fait le récit suivant.*

Monsieur , le chef des Sentinelles avec deux Généraux
Ont quitté les rebelles pour suivre nos drapeaux ,
Le Général Christophe et Toussaint-Louverture ,
Ne vivront pas long-temps à ce que l'on assure ;
Tant va la cruche à l'eau , elle s'emplit ou se casse ,
Le Général Leclerc lui accorde sa grace.
Les plantations du Sud sont toutes conservées ,
La paix en ce moment regne dans ces contrées :

Les Généraux Clairvaux, Laplume et Maurepas,
Sont venus se jetter au milieu de nos bras.
On poursuit maintenant Toussaint de tous côtés,
Il fait en se sauvant beaucoup de cruautés :
Ce féroce brigand comme on en vit jamais,
Le ciel le punira un jour de ces forfaits.

SCENE IX.

Le Général DURAND commandant les Français à Ste-Lucie et à la Guadeloupe, entre avec le Général BOUDET, lui fait son rapport.

Le fort de Sainte-Lucie avec la Guadeloupe,
Les Français sont dedans avec de la troupe ;
On vient de m'assurer, Monsieur, que vos Soldats
Poursuivent les insurgés par-tout dans ces climats :
Puisse dans ces contrées avoir de bonnes loix,
Voir la tranquillité, l'abondance et la paix.

AU PARTERRE.

MESSIEURS,

Si la prise Saint-Domingue accomplissoit vos vœux,
Si vous êtes contents, nous serons trop heureux.

(Ils se retirent en arriere, et la toile tombe.)

FIN de la piece par le citoyen FERRAND, homme
de Lettres, à Rouen, rue S. Vigor.

Vu bon. Permis d'imprimer et représenter consentement du citoyen LICQUET.

www.ingramcontent.com/pod-product-compliance
Lightning Source LLC
Chambersburg PA
CBHW061740180626
46818CB00006B/2686